LE TRIOMPHE
DU PEUPLE

ou

LA RÉPUBLIQUE FRANÇAISE,

POÉSIE

DÉDIÉE AU CITOYEN LAMARTINE,

Ministre des affaires étrangères,

PAR LOUIS PUJOL,

(DE SAINT-GIRONS)

PARIS,

PAGNERRE, LIBRAIRE-ÉDITEUR,

RUE DE SEINE, 14 BIS

1848.

LE TRIOMPHE
DU PEUPLE

ou

LA RÉPUBLIQUE FRANÇAISE,

POÉSIE

DÉDIÉE AU CITOYEN LAMARTINE,

Ministre des affaires étrangères,

PAR LOUIS PUJOL,

(DE SAINT-GIRONS).

———o—◆—o———

TOULOUSE,

IMPRIMERIE DE A. CHAUVIN ET COMPe,

RUE MIREPOIX, 3.

—

1848.

CITOYEN MINISTRE,

Le Peuple, dans ses jours de triomphe, a toujours eu ses poètes. Lebrun et les Chenier chantèrent la première République, que nos pères, plus malheureux que nous, fécondèrent de leur sang martyr, et qui fut trahie par l'ambition d'un homme à qui sa gloire a fait pardonner un tel crime. En 1830, par un hymne national, Casimir Delavigne a immortalisé le souvenir de ce second réveil du Peuple français.

Puisque je n'ai pu concourir à la chute d'une dynastie parjure et traître, j'ai voulu, du moins, célébrer le nouveau triomphe à jamais mémorable de la brave Population parisienne.

Je suis heureux de publier, sous les auspices d'un Ministre républicain, qui a pris une part si glorieuse dans la lutte, cette faible et incomplète expression d'une émotion patriotique, et de pouvoir la dédier à celui qui, dans sa double carrière, a su mériter les lauriers de la poésie et les honneurs nationaux dus à la politique.

Daignez recevoir,

Citoyen Ministre,

Les hommages d'un patriote dévoué,

L. PUJOL.

Toulouse, le 29 février 1848.

Naples, frémissant d'épouvante,
Contemple la lave mouvante
Qui va peut-être l'engloutir,
Et fuyant sa flamme hardie,
Ignore encore où l'incendie
Ira dans sa course aboutir.

Ainsi lorsqu'un peuple d'esclaves
Se lève aux yeux des nations,
Tu répands tes brûlantes laves,
Volcan des Révolutions !
Nous t'avons vu dans ta colère,
Pour le triomphe populaire,
Lancer tes foudres menaçants ;
Mais cette fois, par d'autres crimes,
Le piédestal de nos victimes
Ne sert pas de trône aux tyrans !

L'avenir n'a plus de mystères !
C'est que nos frères aguerris
Aux feux des royaux mousquetaires
Ont versé leur sang dans Paris !
Gloire aux enfants de la Patrie !
A la Populace meurtrie

Qu'enflamme une mâle fierté !
Sous sa bannière tricolore,
Français, l'entendez-vous encore
Ce cri : Vive la liberté !!!

Ce cri ? c'est le serment des braves
Que l'oppresseur n'a point vaincus !
Ce cri, qui brise des entraves,
C'est le réveil de Spartacus !
Réveil de sang ! réveil de gloire !!!
Qu'il soit gravé dans notre histoire !
Siècles ! il y vivra toujours !
Où sont les murs de la Bastille ?....
Citoyens, le soleil qui brille
Efface celui des trois jours !

J'entends le tocsin des alarmes ;
Écoutez l'hymne des combats !
Partout le peuple crie : « Aux armes !!!
» Soyons Français ! soyons soldats ! »
Noircis par le sang et la poudre,
Je les vois défier la foudre
Ces Républicains triomphans.
Quel noble transport les enflamme !

A travers le fer et la flamme,
Ils ont crié : Mort aux tyrans !!!

II.

La charge sonne,
Plus d'un guerrier
D'horreur frissonne,
Frappe, et moissonne
Un beau laurier !

Chacun s'écrie,
En combattant :
O ma Patrie !
Voilà ma vie !
Je t'aime tant !!!

Sous leur étreinte,
C'est trop souffrir !
Je veux sans crainte,
Liberté sainte,
Vaincre ou mourir !!!

III.

Ils ont vaincu !!!... Pleins de courage,
Au son funèbre des tambours,
Ils sont venus comme un orage
Les gladiateurs des faubourgs !
Que de victimes téméraires !!!
Pleurez, Français ! ce sont des frères,
Tous morts en bravant le danger.
Pleurer ? quand j'apprends tant de crimes !
Nobles martyrs ! saintes victimes !
Ma lyre saura vous venger !!!

O vous, lâches Iscariotes,
Qui de vos mouchards fantassins,
Avez au cœur des patriotes
Plongé les glaives assassins !

Au poteau de l'histoire, il faut que je vous lie !
Et je vous flétrirai de mon vers immortel,
Trinité de mensonge et de boue et de lie,
Philippe ! Guizot ! Duchâtel !

Du ciel pur de la France, allez, ô vils transfuges,
Implorer d'Albion un asile plus doux !
Les perfides Anglais ont toujours des refuges,
        Pour les Judas chassés par nous !

Et vous qui dans la lutte avez donné l'exemple,
Instruits par le passé, prévenez le danger !
Si ces traîtres armaient contre nous l'Étranger,
        Tribuns ! l'univers vous contemple !!!

Nos destins sont à vous ! crééz des jours meilleurs !
Toi surtout, de ce peuple ami sûr, Lamartine !
Car ta lyre en pleurant une auguste ruine
        Eut des soupirs pour ses douleurs.

Sous des pleurs inventés cachant la perfidie,
Une duchesse en deuil, aux princes ingénus
Fit jouer devant toi les actes trop connus
        De la royale comédie.

Tu ne fus point vaincu par des larmes d'enfants !
Une voix plus touchante émut ton cœur, Poète,
C'est la voix d'une vierge au sein de la tempête,
        La liberté que tu défends !!!

IV.

Un noble souvenir m'entraîne !
Poésie, enflamme mon cœur !
Je veux descendre dans l'arène,
Pour y chanter le Peuple et martyr et vainqueur !

V.

Dans les plis du drapeau que guidait leur vaillance,
Qu'on inscrive les noms des Martyrs glorieux,
    Qui sont aujourd'hui pour la France
    Morts d'un trépas victorieux !

    Victimes d'un noble courage,
    Plusieurs, hélas ! ont succombé,
    Comme un jeune lis par l'orage
    Sur le sol tristement courbé !

    Ils ne verront plus les campagnes
    Témoins de leurs premiers ébats,

Et le soir, leurs tristes compagnes,
Diront : Ils ne reviennent pas !

A genoux sur la froide pierre,
Un orphelin dira tout bas,
Vers le ciel levant sa paupière :
Mon Dieu ! ma mère ne vient pas !

Sous l'humble toit qui l'a vu naître,
Un père entend un bruit de pas;
Il avait cru le reconnaître.....
Mon fils est mort ! il ne vient pas !

Mais les héros de la Patrie,
Diront : Ah ! puisque leur trépas
Fait ton bonheur, France chérie,
Tant mieux, s'ils ne reviennent pas !

Dans les plis du drapeau que guidait leur vaillance,
Qu'on inscrive les noms des Martyrs glorieux,
Qui sont aujourd'hui pour la France
Morts d'un trépas victorieux !

VI.

Maintenant, ô mer populaire,
De tes flots longtemps courroucés
Apaise la juste colère !
Les temps d'épreuve sont passés.
Une Ère nouvelle commence ;
L'avenir brille d'espérance ;
Et notre royal Pèlerin,
Reprenant ses vieilles sandales,
Du Louvre a déserté les dalles :
Peuple, te voilà souverain !

Ressuscitant ta vieille histoire,
Paris, des sicaires nouveaux,
Aux purs lauriers de ta victoire,
Ne joindront pas d'autres pavots !
Pourquoi, des débris de ta chaîne
Forgeant un poignard à ta haine,
Consacrer encor l'échafaud ?
Oh ! pour lutter contre le crime,
Tu peux, ô Peuple, qu'on opprime,
Couper des têtes, s'il le faut !

Mais après l'heure de justice,
Pleurant le sang qu'elle a coûté,
Fais refleurir la paix propice,
La paix avec la liberté !
Enfin, soumis à ton empire,
Puisqu'un Pouvoir inique expire
Sous la mitraille du canon,
Poète, en mon joyeux délire,
J'irai répétant sur ma lyre :
O Royauté, tu n'es qu'un nom !!!....

VII.

Et l'Europe entendra ce cri de délivrance,
Ce cri victorieux parti de notre France !
Peuples, rompez les nœuds de vos fers écrasants,
Car les sceptres des rois sont pour eux trop pesants !
Et les Peuples alors, méditant leur histoire,
Voudront avoir aussi leur grand jour de victoire,
Et, pour nous imiter dans de si beaux exploits,
Braveront des tyrans la menace et les lois !

Il est là le passé, pour frapper d'anathème
Ce grand titre usurpé, cet infâme système,

Qui protège un brigand sous le royal manteau,
Pour y cacher toujours la corde et le couteau !

Elle est là, cette histoire aux archives sans voile !
Dans ses rouges feuillets l'attentat se dévoile,
Car les forfaits des rois sur le Peuple innocent
Y sont partout écrits en stigmates de sang !
Aussi nous les verrons, en scrutant leurs annales,
Agiter dans leurs mains le fer des Saturnales !
Et tous, pleins de courage, instruits de tant d'horreurs,
Porteront au combat de tragiques fureurs !

Qu'on le brise en tous lieux, ce joug de tyrannie !
Qu'on réclame partout la Liberté bannie !
Et qu'un poignard en main, revendiquant ses droits,
Tout Peuple ait un gibet pour y pendre les rois !!!

FIN.

[illegible]

[illegible]